U0105714

图书在版编目(CIP)数据

民间陶瓷 /远宏编著
一武汉.湖北美术出版社,2000.2
(中国民间美术丛书)
ISBN 7－5394－0954－1
I.民···
Ⅱ.远···
Ⅲ.陶瓷—工艺美术—中国
Ⅳ.J527
中国版本图书馆 CIP 数据核字(2000)第 03486 号

中国民间美术丛书·民间陶瓷
出版发行:湖北美术出版社
地　　址:武汉市武昌黄鹂路 75 号
邮　　编:430077
电　　话:(027)86787105
印　　刷:湖北日报社印刷厂
开　　本:889mm×1194mm　1 /32
印　　张:2.75
印　　数:1—3000 册
2000 年 3 月第 1 版　2000 年 3 月第 1 次印刷
书　　号:ISBN 7－5394－0954－1 /J·862
定　　价:22.00 元

民间陶瓷

编著：远　宏

湖北美术出版社

中 国 民 间 美 术 丛 书

李绵璐

　　当今世界教育改革和发展的大趋势中，各国之间在相互交流和学习，相互借鉴和吸取的同时，都在注意一个教育导向问题，也就是说教育要立足并植根于民族传统文化的精华，把发扬民族传统精神、弘扬民族传统文化作为主导性工作方针之一。只有这样，才能奠定新一代公民在价值观念、文化修养、行为规范等方面具有祖国特色的初步根基，帮助他们在民族情感、国家意识上树立起牢靠的精神支柱。历史经验证明，一国教育若能较好发挥传统导向功能，则该国传统文化精华必然代代相传，社会的统一、进步和发展的进程必会顺利。反之，公民中就会产生妄自菲薄、自我否定的消极心态，引起各种消极情绪，这是值得警惕的。

　　我国民族传统文化，积淀了很多精华。在祖国大家庭中的各民族当中产生、流传、发展着的民间美术极其丰富多彩，是我国民族传统文化精华之一，是民族艺术重要的组成部分。有待有识之士去开发，有待于向青年介绍，这就是我们编撰本套丛书的起因和目的。

我们这里谈的民间美术，是指在我国劳动人民生活中发生、发展、流传几千年的美术品，它存在于劳动人民生活的衣、食、住、用、行之中，流传极广，品类繁多。本书介绍的属于人们日常生活中的、节日活动中的两类民间美术品，重点进行深入浅出的艺术分析，图文并茂，具有知识性和欣赏性。

民间美术，反映着劳动人民对生活的感受、爱憎和欲望；贮存着可贵的知识、情感和科学技术，达到很高的成就。对于任何一个民族来说，如果从民族文化中抽去劳动人民所创造的这一部分，它不论在量上、质上都是贫弱可怜的。

本套丛书得到湖北美术出版社大力支持，得到中国工艺美术学会民间工艺美术专业委员会的帮助，在此表示深深的谢意。

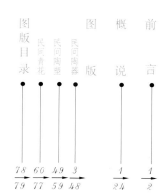

目次

民 间 陶 瓷

民

间

中
国
民
间
陶
瓷

概　说

远　宏

　　古老的中华民族在漫长的历史进程中创造了灿烂辉煌的民族文化，而制陶技艺早在8000年前的新石器早期已被先人们所掌握、使用。从最早的原始社会的陶器，一直到明清两代的瓷器，长近万年，广及全国，几乎每一个省、市、自治区，都有陶或瓷的生产，陶瓷器具遍布人们生活的每一个角落，它长期根植于民间，来源于生活，具有极大的广泛性和普及性。从制陶技术发明开始，最早的陶器就是先人们最原始的"民间"创造活动的产物。也可以说陶瓷本来就是产生于民间，民之所造，用之于民，这始终是陶瓷发展的主要方面；官窑则是建立在民间陶瓷的基础之上，是衍生的产物。著名陶瓷艺术家杨永善先生曾说："官窑陶瓷的烧制是在原来民间陶瓷的基础上，继承并发展了原有的技术和艺术的成就，更加精益求精，不计工本，良匠苦心，在技艺方面有所发展和提高，在艺术方面却有所失落和不足，民间陶瓷自身所具有的朴素的情趣和自然的艺术韵味，在官窑陶瓷中越来越淡薄了。在官窑陶瓷走下坡路的时候，民间陶瓷却基本上保持着固有的特点，在艺术上植根于民间才会有顽强的生命力。研究民间陶瓷，特别是在官窑出现之后的民间陶瓷艺术，对于继承我国优秀的陶瓷艺术传统是十分重要的。"但是，长期以来，人们对民间陶瓷认识不足，往往把它称为"客货"，冠以"粗瓷"和"劣瓷"的称谓，而将皇家督办的窑场称为"官窑"，认为那里是烧制瓷器精品的场所。这样，致使许多优秀的民间陶瓷艺术珍品囿于传统偏见而流失，得不到系统的研究和整理。

从古至今，尽管世界各民族对美的鉴赏标准千差万别，但是，却都能以某种方式获得对美的享受。如印第安人的文身行为，非洲黑人的粗犷的舞蹈，中国半坡人的彩陶器等，都能给予本民族及周围的人以美的感受。从彩陶中我们可以看到，由在主体器物上进行可触性的雕琢，到在平面上进行可视性的绘画，都是从具体的造物活动中，摸索出来的形式规律。也正是从这些远古先民的艺术创造中，我们才能体味到远古原始文化观念和民族民俗文化的发端，才能领略到中国先民在泥与火的艺术创造中是怎样完成民间陶瓷这一美的历程的。

从远古的泥质陶、夹砂陶、黑陶、灰陶、白陶、硬质釉陶到原始青瓷和早期白瓷的出现……唐的三彩、釉下彩、宋瓷及元明清五彩缤纷的陶瓷彩绘，纵观历代陶瓷艺术发展的历程，可以看见陶瓷艺术植根于民间土壤，含蕴着实用、朴素的构成因素的独特魅力，可以体味到与人们日常生活息息相关的陶瓷艺术的源泉所在，得到发展当代陶瓷艺术创作的启迪。

民间陶瓷是劳动者手制并为自己所用的器物，它自然地流露了创造者对美好生活的期望，而制陶匠师们所追求的是以纯朴无华的语言表达自己的情感。绘有几何纹、人物、动物、花草的远古彩陶、灰陶、印纹陶具装饰与同时代的青铜器异曲同工。两汉时期釉陶得到普遍发展，器物中除壶、罐等日常用具外，还有陶俑、井灶、楼舍等陶塑小品，引人瞩目的东汉陶俑以其随意、夸张的手法，体现了民间艺人高超的艺术技巧和淳朴的艺术风格。据东汉王符《潜夫论·浮侈篇》记载："或以游遨博弈为事，或丁夫世不传犁

① **龙山鬲**
14.5cm × 12.6cm
新石器时期

　　龙山文化的陶器是继大汶口文化发展起来的，为我国新石器时晚期文化的代表，距今有4000年历史。鬲是古代的炊食器，此鬲泥质黑灰陶，一般是煮饭、烧水、煮肉时使用。这种三足器是当时黄河中下游及沿海地区流行的器型。这件器物，制作规整，造型优美，三只袋状足、鼓腹、敛口，有秩序感很强的划纹装饰，增添了美感。三足器不仅支放方便，而且三袋状足底部有空档，受热的面积大，升温快。因此，是实用与审美结合的典范，充分体现了古代匠师的聪明才智。

锄，怀丸挟弹，携手遨游。或取好土作丸卖之于弹，外不可御寇，内不足以禁鼠雀……或泥车瓦狗、马骑倡俳，诸戏弄小儿之具以巧诈。"在各地出土的汉代禽畜俑中，以河南南阳东汉墓中出土的釉陶犬最为生动，数量多，形体大，姿态多样，通体多饰黄色铅釉，形象逼真。这些造型淳朴、神态栩栩如生的形象，至今仍被人们所喜爱。同时期的釉陶和彩绘陶也出现了新的特征。彩绘陶器是泥质、灰陶一类的器物，它的最大特点是装饰性强，彩陶一般是用红与黄、黑与白为主宾混合使用，对比强烈，特点鲜明。

到了魏、晋、南北朝时期，制瓷业已有一定的规模，并开始逐渐形成了独特的面貌，其胎质、造型、釉色都有很高的水准。当时主要烧制碗、罐、高足盘等生活用具，釉色已有青色釉，特别是"土釉"（也称"泥釉"）在民间得到广泛的运用。民间艺人直接用一种易熔的粘土为釉料，施于泥坯上，烧成釉色可呈黄褐色，制作工艺简单，成本较低。

唐代，以越窑、邢窑为代表的名窑产品把中国陶瓷艺术带入新的阶段，有"越泥似玉之瓯"，邢窑"类雪"之称。李肇在《国史补》中说"内丘白瓷瓯，端溪紫石砚，天下无贵贱通用之。"可见其生产规模之大，影响之远。而属青瓷范畴的长沙铜官窑的釉下彩绘瓷器多为普通民间日用瓷，它的装饰纹样题材从单一的褐彩斑点图形到褐绿相间的状物写实，经历了由偶然性到必然性的发展过程。纹样选材广泛，风格多样，突破了以往民间绘画中宗教题材的束缚，而代之以花鸟、山水的主题，透过一幅幅装饰小品画面，我们看到了民间艺人们对丰收的喜悦，对

概说

民间陶瓷

② **灰陶双耳兽瓶**

23cm × 12.5cm

商代

未来幸福的憧憬。飞鸣自得的幽禽，欣欣向荣的花木，活泼浪漫的戏童，留给人们的不正是一个充实、和谐的理想境界么! 在这里，美学法则、绘画意境、装饰手法已全然巧妙地融进对生活真实情感的表达之中，民间艺术的魅力也正于此。

宋代陶瓷工艺对中国的陶瓷发展有着创造性的贡献，承袭了历代制瓷工艺的辉煌成就，中国的陶瓷艺术走向了它丰富多姿、精美绝伦的成熟期。各地窑址星罗棋布，可谓"瓷国春生，名窑竞芳"，南北方各具特色。在造型与装饰艺术方面，也以其独特的艺术品位和很高的美学境界著称于世，为后人留下了宝贵的物质和精神文化遗产。民间陶瓷艺术，便植根于这个蓬勃发展的大环境中，并以自身的美学特征和审美特色，自成一脉，发展成为

与官窑陶瓷艺术相提并论的独立而完整的艺术体系。概括地说，宋代民间陶瓷艺术是在士大夫文人美学思想影响下，融汇了市井文化的内涵以及少数民族文化的某些特征而发展起来的。南、北方文化传统和风俗习尚的差异，造就南北方民间陶瓷艺术风格的异彩纷呈，磁州窑、耀州窑、吉州窑等民间窑场在造型、装饰手法以及制作工艺方面尤为突出，成为宋代民间陶瓷艺术的典型，充分显示了中国民间陶瓷清新、质朴、豪放大气的艺术风格。曾有这样一段民谣："五月十三滴一滴，耀州城是卖大碗。"意思是说农历五月中旬下了雨，丰收有望，大碗就好销了，从一个侧面充分说明了陶瓷和人们生活的密切关系。北宋《德应侯碑记》中对耀州窑有这样的描写："巧如范金，精比琢玉，始合土为坯，转轮就制，方圆大小，皆中规矩，然后纳诸窑，视其色，温温如也。"磁州

③ **汉鼎**

23cm × 13cm

汉代

窑是北方民窑的杰出代表,并与河南修武的当阳峪窑、禹县的扒村窑、鹤壁的集窑、登封的曲河窑,共同构成了风格鲜明的一大民窑体系,其产品为民间专用,绝大部分品种是日常生活中常见的饮食器具、酒具、梳妆用具、灯具、寝具、供器和小动物玩具等,品种十分丰富。磁州窑的制瓷原料较为低劣,产品胎体粗,因此常运用白色化妆土施于灰色的胎体之上,由化妆土衬于釉下,使粗糙的胎体罩釉后显得平滑柔润,加上黑彩和剔地后花纹与胎地所形成的对比衬托,使釉色显得更加亮丽美观。而化妆土的使用,便成为磁州窑独特的加工工艺手段,其装饰题材多取材于生活景物,如花卉、禽鸟、虫鱼、鸟戏、婴戏等。用纯熟而又简练的笔墨在瓷坯上作画,画面线条流畅,运笔洒脱、朴实,体现了市民阶层对平凡生活的极大兴趣以及他们独特的审美情趣。以"北有磁州,南有吉州"冠称的江西吉州窑系,是宋时南方著名的民间窑系。以黑瓷最有特色,常以木叶和剪纸贴饰瓷胎,施釉后,烧成的瓷器上树叶脉胳清晰,自然情趣浓郁,褐黑色的釉面映衬着一片色调明亮清新的树叶,浑然天成,具有诗一般的抒情意味。剪纸贴花是吉州窑独特的风格,是用剪纸直接贴在瓷碗的内壁,上釉后入窑烧制,可在深黑色釉层上留下剪纸的痕迹。此外,吉州窑和建窑的"黑釉"不出现短碎的长条形。圆形的斑状浅灰色调,如满天繁星,被称作"油滴盏斑"、"兔毫盏"和"玳瑁盏",这些特殊的带有神秘感的釉色在民间瓷器中出现之后又很快被朝廷贵族看中,由于"斗茶"已是上至皇家下至平民都热衷的一门"游戏",所以民间黑釉瓷也就成了整个社会的心仪之物了。

④ **绿釉罐**

14cm × 23cm

汉代

　　汉代陶器以泥质灰陶为主，砂质灰陶较少，并有一些红陶与黑灰陶。但汉代的烧陶工艺吸取了原始瓷器表着釉的经验，又创烧了低温铅釉，汉墓中曾有不少绿色的低温铅釉陶器出土。低温铅釉是汉代陶瓷工艺的杰出成就之一，它以铜为着色剂，以铅的化合物为基本的助熔剂，呈稳重的绿色。此罐造型简练、饱满，腹部以上有两条弦纹，这是汉代陶器常见的装饰手段之一。

宋代民间还非常流行瓷枕。陶土制枕入窑高温烧成，早在隋唐时就有发现，至宋已日臻完美并开始盛行。宋代的瓷枕造型十分丰富，有孩儿枕、虎枕、狮枕、长方的几何形枕、椭圆枕等；装饰题材更为广泛，人物、花草均形态生动，情趣盎然。还有"招财利市"枕。招财进宝是民间极为流行的一句吉祥语，意在财运亨通，富足有余，民间艺人把它写在瓷枕上，作为一种美好的祝愿和精神寄托。以实用为目的的宋代民间陶瓷，拥有质朴浑厚、豪放自然的艺术特征，宋代文化艺术中风行的平淡含蓄之美，又为其注入了更加丰富的文化内涵。磁州窑黑白相映的剔划装饰，耀州窑含蓄清丽的刻花纹样，龙泉窑凝润晶莹的釉色以及吉州窑别具一格的装饰手法，为宋代淡泊素雅的陶瓷艺术风格中

融入了清新自然的气息和浓郁的生活情趣，寓情于理、情理交融，把宋瓷的理性美演绎得情趣融融，这就是民间陶瓷艺术独有的魅力。

明代制瓷业继承了宋代制瓷艺术的传统，有很大的发展。青花瓷为这一时期民窑的代表，明代青花瓷形制简朴的造型特点，仍保持宋元时期余风，绘画也用大笔粗画，单纯朴素，所用钴料色调浓郁处往往渗出釉外，呈铁褐色。民窑与官窑相互融和、相互依存、相互竞争，是时代的一大特点。为了摆脱贫困，民间匠师们千方百计搜寻官窑的生产技术和资料，提高青花瓷器的质量，从而促进了民窑的发展。《江西大志》记载："青色狼藉，流入民间，其制无复分。"所以说，此时的一些民窑青花瓷，已达到了与官窑瓷器相提并论的格局。装饰题材来源于生活，无论人物故事、风景、花鸟均能反映平民百姓的爱好与审美习俗，以自然

⑤ 　**隋罐**
34cm × 20cm
隋代

高超的技法表现，体现了时代风貌。除了景德镇外，山东、河北、山西、吉林、陕西、四川、湖南、广东、浙江均有青花瓷的烧造。民间青花在艺术形式上是一种最纯粹的民族形式。像福建德化窑的作品胎釉纯白，浑然一体；江苏宜兴的紫砂，山西的法华器均为这一时期的上佳作品。

清代制瓷规模更加扩大，在造型、釉色、彩绘等方面，又有进一步的发展，如康熙年间民窑青花和五彩器，大多以花卉纹样、飞禽走兽、山水、人物故事为题材，特别是山水画，习惯于用"斧劈皴"的表现技法，人物故事更是多彩多姿。除了常用的婴戏图、八仙祝寿图外，戏曲故事特别盛行：如《西厢记》、《水浒》、《三国演义》中的故事，在画风上深受陈老莲画派的影响；线条老辣，人物面部都有不端正

的感觉。除了新彩绘瓷，紫砂器、玩具、灯具各种釉色均迅速发展。据《陶冶图说》记载："景德镇袤延仅十余里……民窑二三百区，工匠人夫不下数十万，藉此食者甚众。"由此可见民间陶瓷繁荣的景象。

随着时代的发展，一些传统的民间制陶工艺在逐渐消失，但还有一些地方至今还在生产这些普遍使用的器具，它贵在同人们的生活有着密切的联系，具有旺盛的生命力。如山东大鱼盘，既实用又美观，一直深受人们的喜爱，青花鱼纹似行书，施笔粗犷、流畅、洒脱，寥寥几笔就勾画出一条活泼生动的大鲤鱼，犹如国画写意。安徽界首的剥花陶器，民间艺人根据器皿的造型，在陶胎化妆土上精心刻花、剔花，描绘各种戏曲人物、花鸟纹饰，上釉后高温焙烧，窑变产生奇异的效果，朴实、粗犷、色调明快。还有像湖南铜官的印花绿釉陶，湖北蕲春的剥花罐，四川

概说

民间陶瓷

⑥ **谷仓罐**
14cm × 12cm
隋代

　　谷仓也称"堆塑罐"、"丧葬罐"、"谷仓坛"，俗称"魂瓶"，是我国长江中下游地区、三国两晋时期墓葬中的一种特有的随葬器物，专为死者储藏粮食，一般都小于生活用器。谷仓由东汉的五联罐(或称五管瓶)演变而来，其颈肩部分的堆塑装饰，有一个由简到繁的演变过程。谷仓成型工艺较为复杂，一般采用快轮拉坯成上下两部分，再粘接而成，最后进行修坯、补水等工序，使器表平整光滑，器壁厚薄匀称。颈肩部分的装饰则用拍、印、雕、堆、捏和模制等工艺加工而成。

的泡菜坛，以及新疆、贵州、云南等一些少数民族地区所生产的民间陶瓷，反映了各地区人民的生活习惯和劳动人民的质朴。

任何一种艺术形式都有其独特的表现手段，陶瓷器作为人们日常生活的用具和观赏品，同时随着时代的发展与演变，也在不停地探求新的表现形式。民间陶瓷艺术和其它民间艺术一样，不愧为人类文化的珍贵宝库，它出自民间艺人之手，植根于民间艺术的土壤，就地取材、粗料巧做，善于从生活中汲取创作所需素材。中国民间陶瓷艺术以其独特的艺术形式散发出朴实、浑厚、浓郁的乡土气息，同时也表现出民间艺术细致、率真、朴素的情感。

民 间 陶 器
——为生活的艺术

自古以来，日常生活中，食、住、用等诸多方面，离不开陶器。民间陶器是历代制陶匠师根据日常生活和审美的实际需求制作的，从这些普普通通的日常用品中，可以领略到我国民间艺术的优秀传统和风采。民间陶器的制作是一种生产活动，同时也是一种艺术活动，这些活动往往由农副业逐渐转变为个体的和集体的手工业行业；因此，陶器同人民的生活和生产是密切相关的。

从人类开始定居以后，陶器就伴随着人类文明的发展与人民的生活密不可分了，是生活经验和视觉审美的产物，是泥土与火的艺术结晶。民间陶器在中国农村的使用非常广泛，但是长期以来由于传统意识的偏见，人们将民间陶器看作"粗货"，其实就是从这些所谓的"粗货"上，可以发现我国民间陶瓷艺术的优秀品质。从原始先民的制陶活动来看，陶器的产生和发展，属劳动者

⑦ **四系玄纹罐**

21.5cm × 17cm

隋代

　　隋代陶瓷的发展是承上(南北朝)启下(唐代)的一个过渡时期，是一个新的时代的开端，基本是继承南北朝的造型，但又有所变化，四系罐已渐成熟。此四系玄纹罐，胎质釉色和烧制已经达到了相当的水准，器型质朴、端庄，直口平底，肩部装有4个等距离横系，系孔偏小，不便系绳，故余下内壁有凹窝。系的两端有按捺的手指压痕，显得自然朴素。器表施青黄色釉，釉色变化丰富，加上两条玄纹为饰，整个器型简练明晰、庄重美观。

劳动的产物。陶器的艺术价值是从实用价值中产生的，不同的实用功能，产生多种多样的艺术形式。从彩陶、黑陶、灰陶、白陶、三彩陶，一直到瓷，历代匠师积累了一代又一代的制陶经验，为人们提供了高质量的日常用品和艺术欣赏品。

在民间，传统的制陶技艺有着很多优点，就地取材，粗料巧做，实用与审美的完美结合是民间陶器的突出特点。如传统的四系罐，耳系、口柄与器体本身构成均衡和谐、变化多样的形式，壶肩部双耳或四系的处理，不仅携带方便，还是斟酒的把手。泡菜坛也是生活中常用的器皿。坛的造型具有科学性，表现了制陶艺人的聪明才智，泡菜坛顶部的凹槽是贮水用的，加盖以后，即不再进入空气，能使坛内蔬菜不致腐烂，经贮藏发酵后，便可以

制出清香酸脆的可口泡菜了。朴素的生活是陶器产生和发展的基础，优秀的民间陶器艺术，蕴含着切合实用、物美而价廉的诸多因素，这正是民间陶器扎根在群众中的基石。

民 间 陶 塑
——平凡朴实的精神家园

新石器时代后，民间陶塑艺术作为一种艺术表现形式一直没有间断，从原始崇拜的偶像塑像到各种小型的动物、人物，以及以后殉葬的陶俑和民间兴起的陶塑玩具，都从侧面反映了各个历史时期的社会生活习俗及物质和精神生活的演变过程。

新石器时代的陶塑，以黄河流域和长江流域的新石器时代遗址中出土数量最多，在早期的陶塑中以粗朴的泥质陶羊和陶猪为代表，虽然在制作上不够精细，但已准确地表现了这些动物的姿态和形象。这

⑧ **三彩罐**
21cm × 19cm
唐代

些陶塑是具有普遍意义的原始艺术现象，普及和推动这种艺术现象发展的根本力量，是同一定经济相联系的社会生活，和当时的宗教信仰及图腾崇拜。随着时代的发展，陶塑在一定时期的制造已有定型化倾向，它表明了人们对于陶塑共性的认识在逐渐地成熟，实际上是审美意识缓慢地、不自觉地发展的过程。

到了汉代，陶塑已成为重要的生产品种，从大量的考古资料看，以家禽为题材的狗、猪、牛、羊、鸡占有相当的数量。还有陶制的马车、牛车和船、屋也各具特色。各地出土的东汉犬俑中，以河南南阳东汉墓出土的釉陶犬最为生动，数量多、形体大且姿态多样，通体多饰黄色铅釉，更衬托得陶犬形象逼真。猪大多和猪圈塑在一起，猪的形象肥壮、姿态各异。

唐代陶塑在继汉魏六朝取得的成就的基础上，造型艺术的发展达到了前所未有的程度，生产地域广阔，各地名窑兴起，南北技艺交流，民间陶工队伍和宫廷陶塑家一样得到迅速的发展。

宋代陶塑的特制民间玩具相当繁荣，并有专门从事陶塑玩具的工匠群，这些价格低廉、形神兼备的陶塑玩具具备了商品的特性，作为货物出售。因此，它有广泛的民众基础和购买群体，这与宋代城市商品经济的发展和市民阶层物质、文化水平的提高有关。随着经济的发展，陶塑的创作者把眼光转向了现实生活，宋代的民间陶塑不仅有浓厚的生活气息，而且反映了制造者对艺术的感受，他们不再按照某种观念凭空想象，而是用自己的眼光观察周边的事物，追随着普遍的社会心理进行创作，尤其以儿童为题材的陶塑作品较多，这是社会重视儿童

⑨ 执壶

25.5cm × 12.5cm(左)

24.5cm × 12cm（右）

唐代

执壶，是唐代中期出现的一种新型酒具，唐人称为"注子"。唐代饮酒之风甚盛，"注子"就是温酒所用。这件执壶，是唐代中期典型的造型。壶呈喇叭口，圆短嘴，腹部较大，圆浑饱满，并有一个弯曲带状把手，造型雍容端庄，釉色深沉，富于变化，反映了唐代制陶艺人的高超技艺。

的体现，儿童丰富多姿的生活也为陶塑艺术提供了广阔坚实的生活基础。

元明清时期以彩绘的民间陶塑最为多见，它吸收了民间泥玩具的表现方法，用绿红彩、青花料点绘其形象特征，用笔随意豪放，是雕塑与绘画的完美结合。用陶土做成的小玩具如哨子、小动物、骑马人等也是民间陶塑的重要组成部分，这些陶塑小品造型单纯简练，神态生动。装饰上常在玩具的表面罩白色化妆土，施以釉下彩开脸和勾点符号式的花纹。

当我们珍视历史文化宝藏和学习这些丰富的技艺经验的同时，更重要的是从这些平凡朴实的民间陶塑作品中汲取营养、获得启迪，提高和发展当代陶瓷艺术水平。

民 间 青 花
——幽娴静逸、率性挥洒

民间青花艺术，作为民族文化的一个重要组成部分，它不仅为我们营造了一个丰富而充足的物质世界，而且塑造了一个中华民族特色的精神世界。明代文人王世懋《窥天外乘》载："宋时窑器，以汝州为第一，而京师自置官窑次之。朝则设于浮梁县之景德镇，永乐、宣德年间内府烧造迄今为止。其时以甓眼、甜白为常，以苏、麻离青为饰，以鲜红为宝，乃苏渤泥青。"以后的许多著作中都有同样的说法。

用"苏麻离青"发色的青色，呈色菁蓝苍翠，浑厚艳丽，料色透入釉骨，线条往往有深色晕点，俗称铁锈斑。料在釉中流散很快，笔线自然浑厚，蓝色花纹呈现在滋润白净的底面上，很像中国画在宣纸上所形成的墨晕，再加上错落有致的晕点，不难看出青花瓷画民间艺人画意的痕迹，它

⑫ **四系罐**

21.5cm × 17cm

传世

⑬ **酒壶**

高 26.9cm

传世　陕西

⑭ **铁锈花盘**
直径 26.5cm
传世 河北

铁锈花是宋代磁州窑独具特点的装饰手法之一。磁州窑是北方民窑的杰出代表，系釉下彩绘，是以斑花石作为绘制颜料，以民间喜闻乐见的花鸟、山水、人物等吉祥图形为题材，以中国画技法为基础，在施有化妆土的坯体上绘制的彩瓷艺术，因烧成后釉色呈铁锈般的赭红色调，所以又有"铁锈花"之称。因吸收绘画的方法，笔触灵活，线条生动，风格矫健挺拔，简洁秀丽，气魄雄健，在笔法意境中，流露出民间艺人对生活的态度和情感。

⑮ **铁锈花陶碗**

口径 14.5cm

传世 云南

⑯ **砂锅**

26cm × 19.6cm

⑰ **菏叶坛（前后面）**

高 25cm

传世 湖北蕲春

⑱ **珐花牡丹罐**

直径 21.5cm

传世 江西

⑲ **剔刻花刀马人物罐**

高 28.5cm

传世 安徽

⑳ **绿釉卷口大陶壶**

高 27.5cm

传世 湖南

㉑ **铁锈花双系大陶罐**

高约 38.5cm

传世　陕西

㉒ **绿釉料缸**

直径约 42.5cm

传世　陕西

36

 绿釉三足罐
直径约 25.5cm
唐代

绿釉四系罐
直径约 18.5cm
唐代

㉕ **酱釉葫芦瓶**
高约 29.5cm
唐代

㉖ **酱釉四系罐**
直径约 22.5cm
唐代

㉗ **黄釉划花四系陶酒壶**

直径约 28.5cm

传世

㉘ **红陶釉口小油壶**

直径约 28.5cm

传世

 龙柄凤嘴壶

23cm × 16.5cm

云南

30 **鱼纹砂器壶**

高 29cm

山东

㉛ **油灯**

高 15.5cm

传世 河北

陶瓷灯具在我国具有悠久的历史。由于时代的发展，照明用灯也在不断地变化与改进，如汉代就有了精致的铜灯，但陶瓷灯具最为普及，宋人陆放翁在《斋居纪事》中有这样的记载："书灯勿用铜盏，惟瓷盏最为省油。"可见陶瓷油灯是价廉物美的用具，因此深受人们的欢迎。这件陶灯，由油盏、灯柱、承盘三个部分组成，承盘为浅盘，灯及灯足遍饰酱色釉，带把。具有美观、实用、省油、清洁的优点。

㉜ **陶油灯**

高 7.5cm

传世 云南

㉝ **白釉钴彩灯**

　　高 5cm

　　传世　河北

㉞ **油灯**

高 4.5cm

传世 山东

㉟ **黑釉油灯**

高 5cm

传世 河北

③⑦ **黑釉添油灯**

高 8cm

传世 河北

㊳ **陶猪**

高 3cm

汉代

　　自新石器时代之后，中国陶塑艺术一直没有间断，汉代陶塑已经相当成熟。考古工作者从两汉墓葬中发掘了大量陶塑珍品。由于汉代随葬风尚的盛行，生者希望死者能生活得安适一如在世，故有楼台亭院的建筑陶塑，还有炊具、灶具、乐器、水井，更有随手捏制或模制的形态各异的猪、狗、牛、羊、鸡等家畜。此猪系民间艺人以娴熟自如的技巧信手捏成，体态稳拙，毫无矫揉造作，朴素无华，造型和神态构思巧妙，使人领略到作者丰富的想像力和高度的概括能力。

③ 三彩壁砖

21.5cm × 27.5cm

唐代

唐三彩流行于唐代垂拱至开元、天宝年间(公元685－755年)，以自然洒脱，流光溢彩闻名于世。三彩陶是相对于单彩、二彩而命名的，"三"是多的意思，并不是实指某三种色彩。三彩陶是低温铅釉，在烧制过程中互相融和，又产生出变幻不定的绚丽色调，这也是"三彩"特具的艺术效果。唐三彩釉陶，釉色鲜艳夺目，风格绮丽别致，造型雍容华贵，反映了唐人的生活意趣。带有异邦色彩的人物造型与器物，表现了唐人对异域文化广收博采的自信与气魄。这件三彩壁砖是作建筑的壁饰，以其丰满的造型、华丽的色彩，体现了三彩釉陶的艺术魅力。

㊶ **三彩人塑像**

高 8.5cm

宋代

46 **顶人灯像**

高 28.5cm

传世 河北

47 **瓷猫**

高 18cm

传世 山西

 瓷猫灯像

高 17.5cm

传世 山西

㊾ **青花瓷罐**
传世 明代

㊿ **青花瓷罐**
传世 明代

(51) **青花盖罐**

19cm × 17cm

明代

据《大明会典》卷一百九十四《工部十四·陶器》记载，宣德时饶州烧造瓷器，一次就达到四十四万三千五百件。可见，明代民间青花在官窑的影响下，得到蓬勃发展。当时民窑不仅用国产钴料，还常有进口的苏尼勃青料，烧成后的青花带有铁锈、褐斑，色泽呈靛青，青色晕散。因此，明代青花呈色经历了最初的晦暗沉滞到明丽浓艳的过程。这是一件典型的明代民窑青花盖罐，色泽沉稳，运笔娴熟，巧妙地运用呈色剂的性能，取得了渲染效果。图形用简笔法点出，形象介于似与非似之间，最富写意画情趣。

㊝ **青花花卉盘**

直径 22cm

清代 江西

(53) **青花福寿盘**

直径 24cm

清代 山西

中国画与中国的诗、词都很重视意境，青花瓷画与中国的诗、书、画有着一脉相承的渊源。瓷艺工匠经常把绘画、书法巧妙地融为一体，创造出一种出神入化的审美形式：譬如民间大众向往的“福”“禄”、“寿”、“喜”字，原本是不符合瓷画要求的题材，但经过民间制瓷艺人巧妙的艺术构思，将其纳入了青花装饰之中，并使这些吉祥文字变为具有装饰美的形象。这件福寿盘是一件典型的代表作品文字排列整齐，整个图形清晰明确。像这样纯粹以文字作为整个画面的装饰是很少见的，这种独具一格的寓意吉祥的画面，反映了平民百姓的美好理想与审美情趣。

青花开片牡丹纹大碗

口径 16cm

传世 山西

青花盘

直径 21cm

传世 云南

⑤⑥ **青花鸟纹鼻烟壶**

高 6.5cm

传世 河北

青花壶

23.5cm × 14cm

传世

 龙盘

直径 26.5cm

传世 山西

　　龙被称为中华民族的象征。龙的角似鹿，嘴似鳄，耳、眼似牛，掌似虎，爪似鹰，鳞似鱼……虽然对龙的身体形象的来源说法不一，但众多的考证表明，龙就是多种图腾的结合，是多种异物动物的图形。从中国山西彩陶上的"第一龙"，发展到后世多种异物构成的"完整"的龙的图形，其间经历了漫长的过程，积累了世代民间艺术的智慧，最终成为中国的象征图形。这件龙纹青花盘，龙的造型有很强的装饰性，不同于官窑瓷器上精雕细琢的龙纹形象，并吸收了少数民族的一些装饰手段，中间适合于圆形的龙纹与周围三只龙纹相配，使整个盘和谐统一，极富装饰性。

⑥③ **凤鸟青花盘**

直径 26.5cm

传世 江苏

民间青花的表现形式，为青花瓷的图案装饰的"绘画性"提供了条件，它吸收了中国绘画的某些章法、形式、构图及笔法等，在用线上则以铁线描作为基本笔法。因为铁线描适合钴料的性质，笔线可以立形质、作骨架、传神言情。这件凤鸟青花纹盘，脂骨釉色粗朴自然，青花料色深沉涵蕴，没有雕琢的痕迹，没有官窑作品的细腻润泽和精工严整，而运笔潇洒、技艺娴熟。

 青花凤鸟纹小碗

口径 6.5cm

云南

 小碟

直径 6.5cm

河南

青花碗

口径 8.5cm

湖南

目图
录版
录

主编：李绵璐 编著：远 宏	民
责任编辑：查加伍 韩荣刚 蔡慧荣	间
终审：张 咏	陶
装帧设计：王子源 杨 蕾	瓷
监制：李国新	